Только Еще раз

Короткие рассказы

Translated to Russian from the English version of
Only Once Again

Renuka K.P.

Ukiyoto Publishing

Все глобальные права на публикацию принадлежат

Издательство Укийото

Опубликовано в 2024 году

Авторское право на контент © Renuka.K.P.

ISBN 9789362696946

Все права защищены.
Никакая часть этой публикации не может быть воспроизведена, передана или сохранена в поисковой системе в любой форме любыми средствами, электронными, механическими, копировальными, записывающими или иными, без предварительного разрешения издателя.

Были заявлены личные неимущественные права автора.

Это художественное произведение. Имена, персонажи, предприятия, места, события и происшествия либо являются плодом воображения автора, либо используются в вымышленной манере. Любое сходство с реальными людьми, живыми или умершими, или реальными событиями является чистым совпадением.

Эта книга продается при условии, что она не будет предоставляться во временное пользование, перепродаваться, приниматься напрокат или иным образом распространяться без предварительного согласия издателя в какой-либо форме переплета или обложки, отличной от той, в которой она опубликована.

www.ukiyoto.com

В теплых воспоминаниях о моих умерших братьях и сестрах

Содержание

Праздник Онама.	1
Калариякши – Это Сказка.	8
Заблуждение.	13
Экзамен в конце года.	20
Поездка в Бангалор.	25
Просто поболтать.	30
Другое Самодовольство.	36
Междугородний.	42

Праздник Онама.

Сегодня Тирувонам. Золотой праздник в месяц золотого Льва! Со всех сторон вокруг доносятся праздничные крики. Слушая все это, Судха лежала на кровати. Сделав глубокий вдох, она медленно встала. Потом вышла на веранду и села на синий пластиковый стул перед своим маленьким домиком. Кресло, на котором всегда сидела ее мать. Садясь на него, Судха почувствовала неописуемое облегчение.

Сидя там, можно увидеть дом ее старшего брата, который живет неподалеку от ее дома. Она называет его Четан. Семья жены Четана, Гиты, уже приходила туда накануне вечером, чтобы отпраздновать Онам вместе с ними.

Через некоторое время во двор спустилась мать Гиты. Хотя Гита старше ее по должности, Судха называет ее по имени, потому что они ровесницы. Гита тоже предпочитает это, потому что хочет всегда быть моложе, как и большинство здешних дам. Увидев ее, мать Гиты окликнула ее оттуда и спросила.

- Почему ты там сидишь без дела, иди сюда, вместо того чтобы оставаться там в одиночестве?

- Да, тетя, я сижу здесь без дела. Когда приехала тетя? - Спросила Судха, хотя и знала об их приезде, просто чтобы что-то спросить в тот момент.

- Ваш брат пригласил нас отпраздновать онам здесь, сказав, что хочет познакомиться со всеми. Не оставайся там одна, иди сюда".

"Да, я иду".

Сказав это, она вошла в дом. Какая у нее судьба? Их гость приглашает ее в дом своего собственного брата, где она имеет право жить со всей своей свободой, тем более что она не замужем и у нее нет собственной семьи. Когда Судха вспомнила об этом, ей стало грустно и разочарованно внутри. В это время ящерица, скребущаяся по оконному стеклу, издавала звуки, свидетельствующие о правильности ее мыслей.

Если бы моя мама была там! Как хорошо мы могли бы отпраздновать это событие. Даже оставшись вдвоем, мы готовили все блюда для Онама и Вишу и наслаждались каждым праздником. Обычно кто-нибудь из старейшин также дарил Онакоди (новое платье для Онама) нам обоим. Почему Бог так быстро призвал мою мать, оставив меня в покое? Как она могла спокойно покинуть этот мир, думая обо мне? Поводья ее мыслей начали медленно ослабевать, и, наконец, это дошло до ее матери.

У меня не было никого, кто мог бы утешить меня, кроме моей матери, когда я была глубоко ранена в сердце или пребывала в глубокой депрессии", - думала она. "Когда моя мать ушла, какой жалкой стала моя жизнь в этом доме". Воспоминания о любимой матери, которая была ее единственной поддержкой, начали вызывать у нее эмоции. Это заставило ее мысли вернуться к дням ее детства.

После окончания школы во время Онама, первое, что мы сделали, это побежали собирать цветы с моей младшей сестрой и друзьями. Южная сторона нашего участка была полна разноцветных цветов. Мы должны собрать все эти цветы до того, как придут Инду и Сума из соседнего дома. Если кто-нибудь увидит, как мы собираем цветы на земле, Алиса из соседнего дома тоже побежит к нам. Несмотря на то, что она не делает пуккалам (цветочную клумбу), ей нравится собирать цветы вместе с нами. Здесь повсюду полно каккапуве (маленьких цветочков, растущих в земле)... После того, как мы нарвем каккапуве и пальчикапуве (маленькие белые цветочки, характерные для онама) на листьях бамии, мы отправимся домой. Все остальные цветы достаточно нарвать утром. На следующее утро наш пуккалам станет лучшим в этой области. Вспомнив все это, она снова вздохнула.

Однажды они собирали каккапуве на заброшенной земле своего соседа Пиллаи. В том пустынном месте был пруд. Вокруг него полно каккапповцев. Затем раздался звук "бум", когда они, сидя там, собирали цветы. Алиса и ее сестра испугались, когда услышали этот звук.

"Хватит, пошли домой", - тихо сказала сестра. Они сказали, что видели, как в пруду из воды вышла женщина.

Она тоже услышала звук, но когда оглянулась, там никого не было. Она подумала, что это, должно быть, была какая-то иллюзия или что-то в этом роде. Но она не могла поверить, что ее сестра и Алиса сказали, что видели женскую фигуру, поднимающуюся из воды. Как бы то ни было, они немедленно вернулись домой и рассказали о случившемся ее маме.

- Кто сказал тебе подходить к этому пруду? В прошлом в этом пруду обитал призрак леди, которая погибла, утонув."

- И призрак, не говори так просто, мама.- Сказала она.

- Савитри, соседка с востока, отправилась искупаться в этом пруду сразу же после того, как приехала сюда после своей свадьбы с Сундараном в этом доме. Позже, хочешь услышать, что произошло? Савитри преследовал призрак этой женщины. Савитри начала говорить точно так же, как та дама, с которой у нее до этого не было опыта общения. Именно свекровь Савитри рано поняла, что это женщина, с которой она была знакома. Надо было видеть выражение лица Савитри в тот момент! По словам ее свекрови, ее голос и жесты были точь-в-точь как у этой женщины. От страха ее глаза покраснели и изменились. Увидев ее, все испугались." Ее мать продолжала:

Услышав так много об этом, они начали трястись от страха. Ее сестра в страхе прижалась к матери. Мать снова сказала, что эта дама была обманута кумараном, и она была зачата от него. Итак, она покинула этот мир, утонув в пруду, и две души, которые утонули, блуждали там, не обретя нового рождения.

- Этот призрак все еще там. Не ходи туда." Мать снова предупредила.

Наконец, в сумерках, моя мама взяла в руку немного соли и перца и покружила над нашими головами. Затем она положила его в огонь и сожгла, чтобы удалить все негативные вибрации, попавшие в нас. Мой отец посмеялся над мамой, когда увидел все это.

- Да что ты с ума сошел, любой кокосовый орех, должно быть, упал в этот пруд. После этого мама почти ничего не говорила. Судха до сих пор отчетливо помнит все это.

О! Насколько заботливой была моя мать? Если бы она была здесь сегодня! Теперь я один в этом доме в этот особенный день Тирувоннам. Слезы, не переставая, потекли из ее глаз, когда она вспомнила об этом. Где бы ни была душа моей матери, она, возможно, проливает слезы, вспоминая меня". Судха тяжело вздохнул, подумав об этом. В это время к ней подошел ее брат.

- О чем ты беспокоишься? Почему у тебя все эти слезы на лице?" Он спросил.

- Ничего, я вдруг вспомнил нашу маму.

- Какой смысл говорить это сейчас, когда она ушла?. Его лицо тоже немного сморщилось. Затем к нему вернулось душевное равновесие, и он сказал,

- Судха, иди туда, мы можем взять оттуда еду. Она покачала головой.

В доме Четана слышно, как Гита и их гости громко разговаривают и смеются, отпуская какие-то шутки и т.д. Они счастливо наслаждаются всем этим вместе. Четан хочет, чтобы я присоединился к их группе. Но Гита? Она говорит, что у меня не все в порядке с психикой. Тогда как она может позволить мне присоединиться к ним? Она снова вздохнула.

Что случилось с ее жизнью? Смерть ее отца и последовавшая за этим неуверенность в себе дома - все это произвело в ней некоторые изменения. Ее психическое состояние изменилось. Она не смогла сдать экзамены. Какие-то иллюзии, иногда подолгу оставаться в одной и той же позе, не произнося ни слова. Если кто-нибудь задаст ей вопрос, она взорвется. Наконец-то, жизнь с пристрастием к таблеткам.

Одиночество сделало ее задумчивой и печальной в этот особенный день. Она задумалась. "Хотя сейчас со мной все в порядке, Гита думает, что я просто сумасшедшая. Как они могут добавить меня к себе? Если бы на моем месте была ее сестра, ее отношение было бы совсем другим!'

Как мы знаем, человек, который за свою жизнь излечился от какого-либо психического расстройства, уже не будет никем принят по-прежнему, даже если он ни в чем не виноват, за исключением своей семьи.

Судха боится Гиты. Ее брат тоже боится ее натуры. Если между ними возникнет какой-либо спор, она поставит все под свой контроль, шантажируя или угрожая ему. Если это не сработает, она только усугубит ситуацию. В любом случае, ей повезло, потому что ее муж гордый и уважающий себя человек, и он будет скрывать все, не узнавая других. Дело в том, что у Судхи есть лекарство от ее болезни, если таковое имеется. Но как насчет Гиты? Никто не знает о ее расстройстве поведения и о том, насколько она опасна для его семьи.

- Судха, иди сюда, давай выпьем чаю. Мать Гиты великодушно позвонила еще раз.

Судха вошла внутрь, не услышав этого. Она лениво полежала на кровати некоторое время. Она заснула, думая о том, как Бог наказывает ее за совершенное преступление. Когда она встает, с северной стороны ее дома доносится громкий разговор. Аммалу Амма, ее дети и внуки собрались там на веранде ее дома. С ней живет одна из ее дочерей. Другой сын также живет неподалеку, в другом доме. Если устраивается какой-нибудь праздник или что-то в этом роде, они все собираются там вместе с ней. Тогда это будет все равно что бросить камень в воронье гнездо. Судха встала, открыла окно с северной стороны и некоторое время стояла, глядя туда.

- Если бы я вышла замуж в надлежащем возрасте, у меня тоже были бы такие дети. Что я могу сказать, кроме того, что это моя судьба?" Ей снова стало грустно, когда она подумала об этом. Пока она так смотрела, ее брат снова пришел туда.

- Судха, ты что, не принимала ванну? Немедленно прими ванну, возвращайся домой и выпей там чаю".

Бедняга, он вернулся домой измученный, думая о ней. Затем она выполнила кое-какие домашние обязанности, такие как уборка и купание, и отправилась в дом Четана.

"Это онамкоди для тебя". Гита взяла новое платье и подарила Судхе. Она приняла это, думая, что, как бы то ни было, для меня этого, возможно, было достаточно.

Гита получит премию и аванс от правительства. Когда она пришла туда, они обсуждали покупки в онаме. Она и слышать об этом не хотела. Что происходит с кошкой в месте, где хранится золото? Онам предназначен для людей, у которых есть родственники и деньги. Для таких людей, как она, это все равно что сказать: "Даже если наступит онам или день рождения, каша для Корана всегда будет в глиняном горшочке". Разве они не маргинализируют ее? Она хорошо училась во всех классах и могла бы стать отличницей, если бы не заболела. Если кто-нибудь заговорит о ней подобным образом, Гита унизит ее, сказав, что она могла бы стать коллекционером здесь.

Судха сидела на стуле в столовой. Там находятся родители и братья Гиты со своей семьей. Они бегают туда-сюда, чтобы устроить пир и так далее. Судха молча сидела на другом конце стола и завтракала в одиночестве. Потом подошел ее брат, сел рядом с ней, чтобы составить ей компанию, и начал что-то говорить.

Судха заглянула на кухню. Приготовление пищи там идет полным ходом. Доносится какой-то вкусный запах. Поскольку Гита не пускает ее на кухню, она туда не попала. Кто-то из гостей спросил ее о чем-то. Судха ответила им и снова отправилась домой.

Судха очень хорошо знает, что нежелание Гиты сотрудничать делает ее брата беспомощным. Поэтому она часто старается держаться от них подальше, чтобы избавить своего брата от этой беспомощности. Она готовит еду только для себя. Только сегодня она получила специальное приглашение на Onam от Гиты. Поскольку у нее не все в порядке с психикой, никто, кроме ее собственной семьи, не примет ее. Она хорошо это понимала и успокоилась. Через некоторое время она увидела, как Четан срезает банановый лист с заднего двора для праздничного стола и относит его в дом. Судха снова отправилась туда, чтобы устроить праздник Онам, на который ее ранее пригласил его брат.

Несмотря на то, что в течение этих десяти дней ей не разрешали готовить пуккалам, Гита проявила некоторую щедрость, позволив ей присоединиться к ним на празднике в этот день тирувонама. Судха считает это само по себе удачей.

....

Калариякши – Это Сказка.

"Иди быстро, не говоря ни слова, не оглядывайся".

Кутеттан тихо сказал нам об этом. Мы шли в Маттаппадам (место, где обмениваются товарами друг с другом), держась с ним за руки. Мой дядя доверил ему немного денег, чтобы он потратил их на нас. Мы очень счастливы и взволнованы этим.

Когда я спросил: "Что случилось?", он жестом велел нам молчать, прикрыв рот рукой, а сам быстро выставил ноги вперед и в страхе зашагал дальше. Через некоторое время, когда они добрались до определенного места, Кутеттан (брат из соседнего дома) объяснил нам, что произошло.

- Разве не так мы только что шли? За оградой, с северной стороны этой дороги, есть калари. Говорят, что в этом Калари живет фея. Женская фигура с распущенными волосами, одетая в белое сари. В полдень она подойдет сзади к прохожим и попросит немного лайма. Когда мы обернемся, то увидим якши с длинными зубами и т.д., которые как будто только и ждут, чтобы напиться нашей крови. Многие люди говорят, что видели это".

Когда Кутеттан сказал это, в его глазах появился страх. Услышав рассказы о том, что многие люди были потрясены, увидев фею, мы добрались до Маттаппадама.

В прошлом, до изобретения монет, существовала система обмена продуктами. В те времена для совершения сделок друг с другом использовались не деньги, а товары. Как напоминание об этом, даже сегодня, каждый год в Чендамангаламе, местечке в районе Эрнакулам, за день до фестиваля "Вишу" проводится торговая ярмарка. Кутеттан водил нас туда и все показывал. Здесь есть всевозможные старинные вещи, такие как корзины, горшки, циновки, глиняные горшки и тому подобное. Кутеттан купил мне игрушечную лодку, которая плавает по воде. Моему младшему брату, который сейчас с нами, подарили игрушечную машинку и флейту. Побродив туда-сюда, мы вернулись с кучей игрушек, арбузов, сладостей и так далее. По дороге мы попросили Куттеттана вернуться другим путем.

- Куттетта, мы можем вернуться другим путем. Мы боимся, что по дороге встретится эта фея. Никто не скрывал своего страха.

- Другого выхода нет. Нам нужно бояться только тогда, когда мы идем одни в полдень. Теперь не бойся". Куттеттан успокоил нас. Так мы добрались до дома.

Каждый год, сразу после закрытия школы в середине лета, нас обычно отправляли из нашего дома в соседний город отмечать праздники в родовом доме нашей матери в Чендамангаламе. На этот раз мы пришли сюда пешком из нашего дома за два дня до этого. Чтобы добраться сюда, нам придется пересечь две реки на паромах. Мы будем в страхе бродить, пока не переправимся на пароме. Переправившись через реку, мы будем взволнованы и счастливы, когда доберемся до родного дома.

Наша бабушка скончалась за несколько лет до этого, и тогда семья одного из наших двоюродных братьев решила поселиться там, чтобы присматривать за этим домом и двумя дядями, которые тогда были холостяками.. Дяди там были очень строгими. Все племянники очень боялись и уважали их. Вот почему в этом доме царила такая дисциплина, особенно когда они были дома. Всякий раз, когда мы были там, мы привыкли разговаривать друг с другом очень тихим голосом, не издавая ни звука. Наше благоговение перед ними было таким, что мы даже боялись спрашивать о чем-либо повторно, если не могли понять, что они нам говорили. Дети из соседнего дома на севере также приезжают погостить к двоюродной сестре до тех пор, пока они оба вечером не вернутся домой.

Высадив нас здесь, Куттеттен отправился к себе домой, а на следующий день утром он снова приехал. Дядя еще раньше поручил ему ходить по магазинам по мере необходимости. Однажды, отправившись в продовольственный магазин, он взял меня с собой. Путь лежал через фасад старого христианского дома под названием Анелиль. Мы с другом из соседнего дома на востоке ходили туда собирать семена анчоусов. Когда мы подъехали к тому дому, Кутеттан, показал пожилую леди в том бунгало посреди большой земли.

- Эта бабушка не умерла даже после того, как пришел священник и отдал ей последнюю кудасу.

- Эта бабушка - привидение? - спросил я. Он неправильно понял мое сомнение. Каттеттану не понравился этот вопрос.

"Ах, я ничего не знаю об этом", - обиженно сказал он.

Мы гуляли, рассказывая истории о том, как эта бабушка вернулась к жизни даже после того, как ее отпели.

Рядом, в доме на южной стороне, жил церковный певец. Его дочь Гресси была моего возраста, но она не желала со мной разговаривать. У нее может быть самолюбие, поскольку она младшая дочь этого древнего христианского дома, обладающего существенной собственностью. Женщин из этого дома редко можно было увидеть на улице. Если мы посмотрим с дороги, то увидим только свисающее растение-занавеску. Православная семья. Когда я вижу ее, я вспоминаю ту богатенькую девочку Гресси, которая не решалась поделиться своим зонтом с Лилли, которая ходила в школу под дождем без зонта в знаменитой истории Муттату Варки "Орукудаюм Кунджупенгалумм".

После кончины бабушки старший дядя в основном молился. Дядя, который считал, что его мать умерла из-за чьего-то колдовства, обратился к бхакти, чтобы изsбавиться от его дурных последствий в будущем. Он будет просыпаться в четыре часа утра и каждый день совершать омовения и ритуалы. Обычно мы просыпаемся утром, слыша пение Намаджапама и вдыхая аромат сандалового дерева.

Остановившись там, однажды одна женщина пришла туда за помощью, чтобы написать петицию. Младший дядя, который работает школьным учителем, взял бумагу и ручку и велел мне писать. Я учился в пятом классе и красивым почерком записал то, что сказал мне дядя. Это было ходатайство о том, чтобы ее дочь получила свидетельство о переводе в другую школу. Когда они спросили: "Разве это не ребенок сестры сэра?" - моя гордость возросла до небес.

Школьный учитель английского языка, который учит детей писать первые буквы английского языка, пользовался в то время большим уважением среди простых людей в обществе. Я слышал, что один преподаватель колледжа, который преподавал политологию в колледже, в детстве считал своего школьного учителя "величайшим человеком". Тех, кто учит начальным буквам, всегда будут помнить.

Кутеттан всегда приходит вечером. Затем мы все собираемся в комнате рядом с кухней и разговариваем о многих вещах. Однажды во время нашей беседы, когда он описал, как произойдет конец света в результате излияния огня, мы все начали дрожать от страха.

Школа вот-вот откроется. Мы должны вернуться домой. Дядя дал нам денег на проезд в автобусе. Так мы стали счастливы и умиротворены. Не нужно бояться садиться на паром. Приняв ванну и съев кашу, мы собираемся домой. Сейчас 11:30 утра. Попрощавшись с нашими двоюродными сестрой и дядей, мы покинули дом. О боже, этот путь такой же, как и в Маттаппадам. Только тогда мы добрались до того, что начали понимать. Тем же путем, по склону Калари, по которому мы ехали в Маттападам. Миновав мост через канал, мы вышли на тропинку. Когда мы подъехали к Калари, то заглянули за ограду с северной стороны, замерев от страха. Сейчас полдень? Старое, полуразрушенное здание, напоминающее небольшой храм, было заперто. Может быть, это и есть тот самый Калари, о котором говорил Кутеттан? Мы испугались. "Пойдем скорее". Сказав это по секрету, мы быстро зашагали дальше. Затем сзади послышался оклик. Женский голос.

- Оставайся там.

Мы так долго никого не видели. Как внезапно она появилась? Я медленно оглянулся, полузакрыв глаза. Да, это женщина.

"Беги...Я также видел фигуру в белом сари и с распущенными волосами". Потом мы оба побежали, не оглядываясь, пока не оказались на цементной скамейке в сарае ожидания автобусной остановки. Мы боялись даже заговорить друг с другом. В это время в сарай вошла сестра.

- Почему ты убежала, когда я позвал тебя? Разве это не дети сестры Бхавани?"

"Да, мы побежали, думая, что пора садиться в автобус", - ответил я.

Эта сестра принадлежит к семье нашей матери и знала всех нас. Позже, когда мы вернулись домой, мы все смеялись, рассказывая об этой глупости. Более того, стало известно, что она не замужем и ведет жизнь монахини, носит белые одежды и распускает волосы с туласикатхиром на голове. Она всегда пребывает в бхакти.

"Я давно слышал, что в тех краях живет фея, так что лучше не ходить туда в полдень". Совет матери.

Сколько бы мы ни думали о том, почему якши живет в Калари, мы так и не получили ни малейшего представления.

....

Заблуждение.

Сейчас четверть десятого. Автобус скоро прибудет. Джодсна повесила сумку, заперла калитку и вышла из машины. Накинув шаль на плечи, она побежала к автобусной остановке. Если она сядет на этот автобус, то сможет добраться до офиса вовремя. Если вы опоздаете хотя бы на минуту, то у вас нет ни единого шанса попасть на этот автобус. Суперинтендант в офисе ждет, когда наступит 10 часов, чтобы отметить опоздание в журнале посещений. Она шла быстрым шагом. Во время прогулки она пыталась вспомнить все, что нужно было сделать в офисе. Аудит вот-вот должен был начаться. Все записи должны быть исправлены. Тем временем многие люди будут выдвигать множество требований. На них следует ответить.

- Почему "Джодсна" работает, хотя сегодня понедельник?

Она оглянулась с улыбкой. Это Баширика из соседнего дома. "Почему его должно волновать, бегу я или иду пешком", - подумала она про себя. Но она не сказала ему об этом и лишь слегка улыбнулась в ответ. Итак, она пошла пешком и дошла до автобусной остановки. Как только подъехал автобус, она сразу же ухватилась за него и села в него. В автобусе некуда ступить.

"Кериору, кериору, керинику". ("Все, кто заходит внутрь, должны пройти вперед") Уборщик автобуса создает шум, стуча по стенке автобуса.

"Кили" (прозвище уборщика автобусов), у которого нет времени сажать людей в автобусы.

" Почему ты пытаешься сломать автобус? Кто-то разозлился на него.

Он позвонит в звонок, чтобы автобус тронулся, прежде чем люди сядут в него. Если будет замечен его шум и поведение, можно подумать, что он собирается купить экстренную таблетку. Часто кажется, что правительству следует провести еще одно принудительное обучение самоконтролю, прежде чем выдавать водительские права водителям. В настоящее время, куда бы мы ни посмотрели в нашей стране, везде можно увидеть множество работников по повышению осведомленности.

Когда она вернется домой с работы в офисе, будет около 6 часов. Как только ей удается немного отдохнуть, она снова отправляется в свое "путешествие" по домашним делам. Потом она остается делать всю работу по дому, пока не уснет. Как только на рассвете звонит будильник, Джодсна вскакивает и обычно проводит на кухне два часа. Оба ее ребенка учатся в английской средней школе. Их школьный автобус приезжает в 7:30 утра. Что касается ее мужа, то он должен уйти в 8 утра. Приготовив для них еду и вовремя оставив их дома, она может какое-то время спокойно посидеть в своем мире в одиночестве. Ух ты! Прошло пятнадцать лет с тех пор, как началось это путешествие.

Дети Джодсны учатся в самой известной школе страны. Ее дети были приняты в эту школу в Лос-Анджелесе по настоятельной рекомендации высокопоставленного сотрудника ее департамента. Джодсне и ее мужу сначала было отказано в приеме, потому что они не могли свободно говорить по-английски. Вот почему Джодсна обратилась за рекомендацией. Как же ей было трудно! Как сильно она старалась ради этого!Шива, Шива! Целью, стоящей за всем этим, было поступление на курсы начального коучинга и, таким образом, профессиональный курс для их детей в будущем. Теперь мы можем получить допуск даже в тренерский класс, только если у студентов высокие оценки! Джодсна видела, как многие люди, которые работают с ней, борются за это. Вот почему она принимает меры предосторожности прямо сейчас. Она была удивлена, увидев, что ее подруга привела своих детей в небольшой класс школы при известном тренерском учреждении, чтобы обеспечить поступление туда в будущем. Но Джодшна сейчас на том же пути.

В это время наступил еще один сезон Онама. Поскольку детям рано утром нужно идти в школу, пуккалам здесь не готовят. Школьное время для этого не подходит, и в это время все заняты.

В любом случае, в этом году Джодсна решила приготовить пуккалам из имеющихся там цветов.

"Дети, в этом году мы должны приготовить пуккалам, давненько мы не готовили его у себя во дворе на Онаме".

- О, маме лучше оставить нас в покое. У нас есть другие работы."Сказав это, они включили телевизор и стали смотреть мультсериалы.

Через несколько дней наступил день "Атама" (первый день празднования). Джодсна ничего не сказала своим детям, потому что знала, что утром у нее не будет на них времени. Школьный автобус должен был прибыть сам в 7 часов.

В детстве, когда наступал сезон Онама, она ходила собирать цветы вместе со своими друзьями из соседних домов. Двор будет убран коровьим навозом. Одна тетя из соседнего дома обычно делала для всех цветочные пакеты из пальмовых листьев. В то время достаточно было идти в школу в 10 часов и возвращаться в 4 часа дня. Какое же было соревнование между друзьями за лучший пуккалам!

На заборах всех домов цвели всевозможные цветы. В то время праздники были самыми счастливыми днями. Мальчики из близлежащих домов с палками в руках группами выходили на дорогу, чтобы нарвать цветов у домов по обе стороны дороги. Было особенно радостно и волнующе срывать цветы со стен некоторых домов, не осознавая, что это настоящее приключение. В соседнем клубе "Шримулам" было бы полно цветов гороха. Сезон онама в ее детстве был полон счастья и волнений. Но ради ее детей.? Можно сказать, что они видят этот пуккалам (цветочные клумбы) только в школе.

Джодсна сейчас собирается на работу после того, как нарвала цветов во дворе и разбила пуккалам (цветочную клумбу) на крыльце машины, так как у нее не было навоза, чтобы убрать двор. Когда Джойс придет вечером, она спросит у своих детей, что они думают о клумбе.

- Как вам понравилась цветочная клумба, дети?

У детей такой вид, словно они увидели что-то глупое. Они никогда не ощущали красоту Онама в ее истинном смысле.

Погруженные в волшебный мир, созданный поставщиками образовательных услуг, они с мужем терпели все и платят все заработанные деньги за обучение своих детей в английской средней школе. Но теперь то пренебрежение, которое дети проявляют к их уникальной культуре, немного разочаровывает ее. Хотя здесь не так много возможностей, она считает, что государственные школы гораздо лучше подходят для внутреннего роста и культурного возвышения детей. Она видела, с какой любовью и заботой дети из соседнего дома относились друг к другу по пути в правительство. школа. Многие из тех, кто учился здесь, достигли самых высоких уровней общества. Когда вечером пришел ее муж, она рассказала о своем разочаровании.

- Разве ты не проводишь все это время со своими друзьями? ты, должно быть, страдаешь в одиночестве. С одной стороны, мы теряем наши деньги, а с другой - меняем их культуру. Разве все это не сделано только тобой, так почему же эта слеза?'. Он пришел в ярость.

". Позвольте мне сказать еще кое-что. Если так пойдет и дальше, то через некоторое время им придется усвоить значение слов "мать" и "отец". Разве не так их сейчас учат?"

Когда она услышала это, то почувствовала, что это правильно. В настоящее время Джодсна придерживается мнения, что обучение английскому языку в средней школе, вступительные курсы и т.д. следует рассматривать только после ознакомления с достойными аспектами нашей культуры и традиций. Однако мы не можем игнорировать течение времени. Джодсна снова задумывается и представляет себе сбалансированное образование, не портящее хороших аспектов нашей культуры наряду с современностью.

Вступительный экзамен должен быть выигран во всем. Большинство родителей с осторожностью относятся к тому, чтобы их дети переступали этот барьер. В прошлом, даже если было влияние денег, только те, кто имел природный интерес к изучению любого профессионального курса медицинских целях, и т. д. пошел бы на это, как правило. Они принесут пользу обществу и ему самому. Но в наши дни, прежде чем начать обучение, родители решают, какой профессиональный курс выбрать для своих детей. Являются ли эти дети марионетками для удовлетворения эгоизма родителей?

Школа закрыта на Онам. Оба ребенка проводят большую часть своего времени за компьютерными играми. Джодсна купила им несколько хороших детских журналов, чтобы развить у них привычку к чтению. Через два дня наступает Тирувонам. Вечером они все отправились в город, чтобы купить онамкоди (новое платье). Получив новую одежду, дети обрадовались и пришли в восторг от Онама.

Новогодние каникулы начались в офисе. Затем она начала готовиться к празднованию Онама дома. Ритм песни Онама и Онакали начинал очаровывать ее. Воспоминания о празднованиях Онама в ее детстве начали проясняться в ее сознании. Вечером во дворе дома на северной стороне собирались все женщины со всей округи, чтобы поиграть там в онамкали. Они все вместе будут петь песни, играть и смотреть Онакали.. Как это ностальгично!

За два дня до этого Джодсна вернулась из города, купив "Трикакараяппан" и "тумбачеди (две вещи, необходимые для ритуалов)". Ее муж всегда очень занят. У него ни на что нет времени. За день до онама, когда была ночь, Джодсна украсил крыльцо машины готовыми предметами, чтобы поприветствовать Онатаппана в соответствии с ритуалами.

Дети смотрели телевизор. Когда они увидели на экране сцену, в которой Вамана бьет Махабали по голове, дети удивились друг другу.

"Разве это не чепуха?". Старший сын удивлен.

"К счастью, мы тогда еще не жили". - Спросила младшая сестра.

Услышав это, Джодсна сказала, что это "совсем не так, дети", и начала рассказывать им эту историю, но они проигнорировали ее и продолжили смотреть телевизор.

Она хотела рассказать своим детям, что Вамана Мурти, который благословил Махабали, отправив его в Суталам (райское место), родился в день месяца Льва и что никто не попирал Махабали. Но им было неинтересно это слышать. Слава этой влиятельной силы, благодаря которой существует вселенная, состоящая из пяти тхатвас (пяти элементов Вселенной), провозглашается во многих историях Вед и Упанишад. Одна из таких историй - о Ваманамурти и Махабали. Мы поклоняемся этому великолепию влияния в разных формах и с разным воображением. Хотя мы можем видеть в этом дух Божий, мы знаем, что они - не Бог. Какое благородное представление о Боге! Джодсна еще больше удивилась и обрадовалась, когда подумала об этом.

В любом случае, в Джодсне начало укореняться осознание того, что если мы будем понимать культуру и обычаи нашей страны и строить жизнь в соответствии с ними, то наряду с академическим обучением у детей будут скромность, простота, любовь, взаимопонимание и т.д. Ее также убедили уделять больше внимания в первую очередь этому. И только после этого мы должны думать о высшем образовании, таком как профессиональное обучение. За детьми нужно следить, и пусть они идут своим путем. Ее муж также согласился с мнением Джодсны. Он сказал,

"Если у вас есть деньги на руках, это хороший способ обрести душевное спокойствие, купив небольшой участок земли с природной красотой и начав заниматься сельским хозяйством с красивым садом, вместо того чтобы отдавать его поставщикам образовательных услуг".

В день Тирувонама все встали рано. Несмотря на то, что детям было не очень интересно, когда они приняли ванну и надели свою новую одежду, они тоже были очень взволнованы. Когда она с радостью встретила Онатаппана вместе со своим мужем и детьми, ее счастье было неописуемым. В то время она вспоминала свои воспоминания и была в восторге от этого события вместе с ними.

"После Онасадьи (праздника) давайте отправимся в отчий дом, у вас все готово?" - спросил их ее муж.

Услышав это, все снова пришли в праздничное настроение. Все они с удовольствием позавтракали вместе с аппером и саркара пуратти (закусками), которые были куплены в магазине, и пувадой, приготовленной ими самими. Затем они поспешно отправились на кухню, чтобы приготовить угощение онам. пир.

....

Экзамен в конце года.

Сачин сидел на крыльце и ждал, когда его сын придет после экзамена в конце года. Когда он начал медленно засыпать из-за яркого послеполуденного солнца, то снова погрузился в свои детские воспоминания.

- Экзамен в конце года окончен. Больше не нужно выслушивать чью-либо ругань, не нужно получать побои от учителя, не нужно делать домашнее задание. Какое удовольствие, ничего себе! Разум Сачина запрыгал от радости. Как только он пришел домой из школы, он бросил книгу на стол. К этому времени пришла его мать с чаем.

"Как прошел экзамен?" - спросила его мать.

"Не было никаких проблем, теперь все спокойно. Мне нужно поиграть несколько дней". - взволнованно сказал Сачин. Попивая чай, он отвечал на некоторые вопросы своей матери. После этого он выскочил во двор.

Сначала он подошел к подножию мангового дерева, которое росло там с множеством раскидистых веток. Он бросил камни в манговое дерево и получил три незрелых манго, которые съел, откусывая их зубами. Когда его сестра подошла ближе, он дал один из них ей.

С северной стороны его дома есть широкая игровая площадка. Когда школа закрыта, все дети приходят туда поиграть. Многие друзья ежедневно приходят туда поиграть. Услышав, что они планируют там что-нибудь поиграть, он направился к ним.

"Мы искали тебя. Пойдем, мы собираемся поиграть в крикет." - Громко сказал ему кто-то.

Тем временем кто-то взял манго у него из рук. Сын Джанучечи, Джаян, самый старший в этой группе. Он - лидер, который обычно играет в эту игру. Из-за его лидерских качеств или чего-то в этом роде, его мнение, как правило, одобряется всеми. Он играл с ними до сумерек. Там было много ссор, драк и шума. После того, как игра закончилась, все начали расходиться по своим домам. Несмотря на то, что уже смеркалось, никто в доме ничего не сказал Сачину.

- Поставь лампу. иди прими ванну и молись богу, ' крикнула мама из кухни.

После того, как он сам немного помылся, он произнес несколько молитв. Затем он начал думать о Маяви, Куттусане, люттапи и т.д. о которых он забыл на несколько дней, так как его мать спрятала эти книги из-за его экзамена. Итак, он взял детские журналы "Баларама", "Пумпата" и другие и присоединился к своей младшей сестре, которая там читала. Ее экзамен только что закончился. Теперь я должен прочитать все басни, рассказы Муллы и Эзопа. Он подумал. Он нашел несколько книг и читал, пока не заснул. Через несколько дней он крепко выспался.

На следующее утро в восточном дворике появился букет желтых цветов конна, напоминающий блаженную божественную невесту, облаченную во все золотые украшения, возвещая о прибытии Вишу. Когда он встал утром и сел на перила крыльца, то внезапно обратил свое внимание на это дерево.

- Мам, Вишу где-нибудь поблизости?

- Разве ты не знаешь, что на следующей неделе будет Вишу? Ответ матери.

Да, он не знал. его брат и сестра никогда не терпели неудач ни на одном уроке. Он также не хотел потерпеть неудачу. Итак, он усердно учился, не обращая внимания ни на что другое. Как только он услышал, что это Вишу, он встал, взял монеты, которые держал на столе, и пересчитал их. Взяв его, он вышел на улицу и позвал Саси.

- Давай, Саси, сходим в северный магазин и купим крекеров.

Саси, которая учится в классе младше его, согласится со всем, что он скажет. У него дома тоже нет никаких проблем. Они оба пошли в магазин на севере и купили по маленькой пачке крекеров, лопнули их, разложили на детской площадке и повеселились.

Его отец пришел со связкой петард за день до Вишу. Он был храбрым человеком, который обычно зажигал петарды, держа их в руке, и выбрасывал, чтобы они взорвались. Вечером, как только зажгли лампу, пакет с крекерами был развернут.

"Скажи всем, кто находится внутри, чтобы приходили". Приказ отца.

Его отец не запускает фейерверк без того, чтобы моя мама не вышла из кухни. Она всегда на кухне, занята приготовлениями к Вишусадье (празднику) и т.д. Услышав приказ отца, все, кто был внутри, вышли на порог. Соседские дети тоже прибежали туда бегом. В течение получаса все веселились, зажигая петарды и т.д. Его мать тоже зажгла путири.

"Дети, посмотрите на лицо вашей матери, когда она зажигает путири". Отец смеялся над матерью. Да, лучезарный лик из далекого прошлого снова засиял в свете путири. Его отцу это нравилось!

Мама всегда ложится спать только после того, как накануне приготовит вишукани (то, что первым появляется на Вишу). Еще до наступления сумерек она собрала хороший огурец кани на южном огороде.

Все его друзья под руководством лидера Джаяна подготовили план, как показать Вишукани ранним утром всем домам. Они все в восторге от этого. Сачин тоже хотел присоединиться к ним. Но отец не отпустил его. Он лег спать от скуки. И внезапно заснул. Уже почти рассвело.

Каниканум нерам камаланетранте

канакакингини..." (песня, посвященная Господу Кришне))

Его друзья принесли кани и поставили его у себя на веранде. Затем они отошли в сторону, напевая "каниканум нерам.......". Он подпрыгнул, услышав песню. На украшенном стуле стоит фотография Унни Каннан и зажжена лампа. Он увидел на тарелке огурцы, касаву-мунду и монеты. Как и велела ему мать, он сложил руки и помолился, чтобы в новом году у всех были все добродетели. Его отец положил на тарелку десять рупий. Когда он огляделся, вокруг было много друзей. Это был Джайан, который нес вишукани. Он проводил их до ворот дома и неохотно вернулся. Мать Вишукани уже показала ему это в самом Брахма мухортаме, разбудив их, прикрыв глаза. После этого остальные петарды также были взорваны под руководством старшего брата.

- Все идите и примите ванну. После этого Вишукайнитам (первые деньги, которые старшие дают детям в день Вишу) будут розданы всем вам", - сказала мать.

К тому времени, когда они пришли после купания в широком пруду на южной стороне, их отец, приняв ванну, уже сидел в кресле на передней стороне.

- Сюда приходят все.

Когда они услышали голос отца, то подошли к нему поближе. Каждый из них был дан один-рупия монета вместе с 10 рупий......'

Сачин спал и видел сны, ожидая, когда его сын Рахул придет из школы. Теперь он очнулся от этого сна. Внезапно он ощутил чувство потери. Что его отца и матери сегодня нет с ним. Все трое братьев и сестер также умерли. Он почувствовал разочарование.

'Если бы я мог отпраздновать еще одно равноденствие с ними и друзьями, играя, веселясь, взрывая петарды и т.д., всего один раз".- тщетно мечтал он. Вздох? Из его глаз невольно потекли слезы.

Время не повернется вспять. через некоторое время он успокоился.

К этому времени он услышал шум подъезжающего школьного автобуса. Это последний день его экзамена в конце года. Все экзамены его сына сегодня сданы. Как только Рахул вошел в дом, он спросил Сачина:

"Папа, мой экзамен окончен. Ты будешь ругать меня, если я сейчас поиграю в видеоигру? Сейчас я очень счастлива".

"Нет ничего плохого в том, чтобы играть в игру. Тебе также следует обратить внимание на то, чтобы хорошо учиться". Он ответил так, потому что в наши дни социальные сети нельзя игнорировать в нашей повседневной жизни. Он снова продолжил,

- Экзамен окончен. Вишу приближается. Папа подумывает, не поехать ли нам в этом году в дом дедушки и отпраздновать там с семьей Чериячи. что скажешь?" Сачин выразил им свое желание и любовь.

- А нам не будет скучно, отец? Услышав это, его сын не проявляет интереса

Узнав о приходе Рахула из школы, его жена проснулась после послеобеденного сна и услышала их разговор. Она сказала,

- Все в порядке, можно идти. Мы должны уехать накануне и вернуться в тот же день. По телевизору показывают несколько хороших программ, но мы можем их пропустить, почему вы так себя чувствуете в этом году?" Его жена выразила свое удивление.

- О, ничего. Мне просто захотелось этого, не бери в голову. Мы можем съездить и вернуться за день до этого".

Когда он слышит слова своей жены, он сомневается, что семья его брата может думать так же. Время ушло, а прошлое осталось в прошлом. Хотя трудно представить, что время меняется, это неизбежно. Он успокоил себя мыслью, что цифрового зрения в этой квартире достаточно, и расспросил сына о деталях обследования. Затем он пошел с ними в дом выпить чаю.

....

Поездка в Бангалор.

Я ехал со своей дочерью на поезде в Бангалор. Других проблем не возникло, потому что я забронировал место заранее. На всех сиденьях были люди. Я положила свои сумки под сиденье и на койку и вздохнула. Поезд, который должен был прибыть в пять часов, опоздал на два часа.

"Пунктуальность во времени необходима не только железной дороге, но и всем нам." Кто это сказал? Мне было скучно ждать на платформе. В любом случае, для моей дочери нет такой большой проблемы. Она сидела на боковом сиденье и смотрела в свой мобильный телефон. Итак, поезд заскулил, засвистел и достиг следующей станции. Оттуда многие люди садились внутрь с узлами и багажом. К месту напротив меня подошла женщина. Знакомое лицо в ней. Через некоторое время они посмотрели на меня и спросили.

"Ты меня знаешь? Ты меня понимаешь?"

Я знаю ее, а также видел раньше. Но я не помню ее имени. Тогда я спросил ее,

"Вы дочь того брата, который держал продовольственный магазин в Алумбарамбу, я забыл его имя".

- Да, меня зовут Джолли, а моего отца - Джозеф. Куда вы направляетесь?

- Мы собираемся организовать учебное мероприятие для моей дочери.

Итак, мы оба узнали друг друга получше. Мы были одноклассниками. Она училась в той же школе, что и я. Сейчас она работает учительницей танцев. Было очень приятно с ней познакомиться. Пожилым людям доставляет огромное удовольствие видеть людей, которые были с ними, когда они были молоды. Это счастье неописуемо.

"Вы знаете одну из моих подруг, актрису Сантини? Она лежит в больнице и плохо себя чувствует, я еду туда. Она проходит лечение в аюрведической больнице."

Я знаком с актрисой Шантини и видел ее в юности. В первые дни она играла в драме. В то время ее брак еще не был расторгнут. Я видел, как ее отец и мать ходили с ней, когда собирались выступать. Они обычно проезжали перед нашим домом, в то время она была известна как "Кайтарам Шантини". Позже она снялась в кино и стала знаменитой. Можно сказать, что семейная жизнь чуть не развалилась, когда она влюбилась в того, кто снимался вместе с ней. Позже они расстались и жили отдельно, но у нее было много возможностей сниматься в кино.

Прошло время, и после этого я мало что знал о них, кроме того, что иногда видел их в кино.

"Что в ней такого? Она снимается в кино и много зарабатывает?" Я спросил.

- Кто сказал, что у нее есть деньги? Как сильно она боролась за то, чтобы выйти замуж за свою дочь. Она даже позаимствовала кое-что у своих коллег по фильму. Позже она уже не могла больше играть".

И тут я удивился. Я спросил: "С того дня, как я увидел ее, она играла в драме. и все же, разве она ничего не заработала? Неужели она ничего не заработала, хотя уже давно играет в театре и кино?"

- Если бы у нее были сбережения, она взяла бы ссуду? - спросил Джолли.

Несмотря на то, что я много лет снимался в кино, сколько бы я ни думал, я так и не смог понять, в чем проблема ее бедности. Она даже сыграла главную женскую роль в некоторых фильмах

"Женщинам недоплачивают. Особенно актрисам второго плана."

- Но тогда в фильме достаточно одних мужчин. Я почувствовал злость.

Тогда моей дочери, которая слушала наш разговор, не понравилось, что я говорю. Она подошла ко мне вплотную и все рассказала.

"Мам, заткнись. Не говори ничего лишнего. Другие слушают. Мы не знаем предыстории киноиндустрии. Почему мы должны говорить о вещах, которых не знаем?"

Потом я отругал свою дочь.

"Мы старые школьные друзья, мы знаем эту актрису. Вот почему мы говорим об этом. Нам не нужно знать никакой предыстории. Она посвятила свою жизнь искусству. В конце концов, за ней некому присматривать, к тому же у нее много кредитов. Вот почему я так сказал. Там нет ничего, что бы ни происходило на заднем плане."

Услышав разговор между нами, Джолли рассмеялся и заговорил.

"Мои дети тоже не любят ни с кем так разговаривать". Я тоже рассмеялся и продолжил вполголоса,

- Разве все актеры не должны быть одинаково вознаграждены? Если будет только герой, то фильма не будет. Вам не нужны другие актеры и актрисы? Некоторые люди способны и действуют с большим интересом. Это согласовано. Но сами создатели фильма должны приложить все усилия, чтобы фильм стал успешным и принес им огромные награды".

Итак, когда мы вполголоса говорили о Сантини, опасаясь за мою дочь, кто-то, кто был рядом, сказал,

"Любой желающий может действовать, если в этом нет ничего постыдного. Ненужное чувство морали и стыда удерживает талантливых людей от этого".

Я подумал, что это может быть правильно. Раньше мы думали, что в нашем штате очень мало певцов. Теперь, когда у всех есть шанс, мы вспоминаем Евангелие о том, что "кто сильнее, тот идет сзади, не останавливайте его".

Тогда я спросил: "Получает ли она какую-нибудь помощь от создателей фильма".

"Ходят слухи, что их организация раздает что-то маленькое. Она сказала.

К сожалению, некоторые люди, которые снимаются в течение пяти или десяти лет, много зарабатывают и даже занимаются благотворительностью на свои излишки. Она также может получить от них какую-то щедрость.

"Не следует ли покончить с большим разрывом между главным действующим лицом и другими? Сама отрасль должна задуматься об этом. Если сценарий, режиссура и грим хороши, фильм будет успешным. Если найдется хороший актер, то будет немного лучше. Почему эти исполнители главных ролей не снимаются в плохих фильмах? тогда зрители их бросят. Не так ли?" Их успех зависит от качества фильма.

Я раскрыл различия, существующие, насколько я понимаю, в отрасли. Сама индустрия делает их знаменитостями для своего продвижения. Поскольку Джолли работает учителем танцев, они близкие друзья. Вот почему она заинтересована в обсуждении всех этих вопросов.

"Если фильм в целом будет хорош, то все заслуги будут отданы актерам, особенно исполнителю главной роли. Это те, кого люди видят непосредственно. Бедные зрители не знают тех, кто работал за кулисами".

- Это значит, что герои - счастливые звезды?.

- Да, это то же самое. Главные действующие лица зарабатывают деньги на невежестве зрителей. Творческие писатели также видят свет через них. Не так ли"

- Не потому ли это и называется просвещенным государством? Я сказал им это с иронией. Затем продолжил,

- Оставь все как есть, как у нее дела сейчас?

". Сейчас все идет своим чередом, и потребуется много времени, чтобы поправиться. В конце концов ей придется продать дом, чтобы уехать оттуда.

Когда я услышал это, мне стало очень грустно. Я заговорил.

"Этому неравенству в киноиндустрии следует положить конец. Должно быть установлено ограничение на вознаграждение героев и коллег по фильму. Все делают одну и ту же работу. Как и начальник в офисе, он не несет ответственности за работу коллег".

Итак, к тому времени, когда наша дискуссия стала еще более напряженной, поезд прибыл в Палаккад.

Когда ее подруга взволнованно взяла ее за руку и попрощалась, ее дочь запечатлела эту сцену на свой мобильный телефон. Затем они взяли свои сумки и сошли на вокзале. К этому времени разносчик чая в поезде принес чай. Каждый из нас купил чай и выпил его. Шествие этих разносчиков чая происходит тогда, когда в общем купе нет места для стояния. Я часто чувствовал, что недостаточно впустить их хотя бы на полчаса. Когда мы видим некоторых людей, нам кажется, что они садятся в поезд только для того, чтобы поесть.

Несколько пассажиров совершали посадку в Палаккаде. Другой человек потянулся к ее сиденью. Если мы познакомимся с ней поближе, то сможем понять многие другие истории. Поезд медленно тронулся с места.

....

Просто поболтать.

"Разве ты не знала, что дочь нашего Балана выходит замуж?" - спросила Сантамма мою мать с кухонного двора.

Моя мать и эта Сантамма дружат уже много лет. Муж Сантхаммы, Шанкунни, нерегулярно ходит на работу. Они зарабатывали себе на жизнь разведением коров и другими вещами. Когда они состарились, то перестали разводить коров, выдав замуж двух своих дочерей. Однако обычно она рассказывала моей матери обо всех новостях. Моей матери Лиле тоже очень хотелось услышать, что скажет Сантамма.

- Ну что ж. Как сильно он боролся за жизнь. Теперь он начинает убегать. Он ведь уже давно был в Мексиканском заливе, не так ли?

- Верно, - Сантамма покачала головой. Мать продолжала:

- На обеих девушек приятно смотреть. У них хороший характер и образование. Они понравятся любому. Я знал, что они это планировали. В любом случае, это хорошо. Где они собираются выдать замуж своего ребенка?"

Мать встревожена. Лицо распустилось, как цветок.

"Говорят, что мальчик работает в IT. Его дочь получила степень магистра делового администрирования."

Сантамма рассказывала ей все подробности, которые знала. Несмотря на возраст, у нас с мамой нет серьезных проблем со здоровьем. Я вдруг вспомнила сцену, когда однажды Сантамма пришла рассказать ей о свадебных делах Балетана, когда я училась в 4-м классе школы или что-то в этом роде.

Однажды днем мать сидела, прислонившись к стене веранды с западной стороны дома, и отдыхала. На ее лице всегда играет улыбка, которая скрывается только тогда, когда она спит. Что делает ее дорогой для всех, так это улыбка на ее лице. В это время Сантхамма пришла привязать козу в поле. Она молода. Иногда она приходит сюда в свободное время, чтобы поболтать с моей матерью. Она сидела на веранде, свесив ноги во двор, вместе со своей матерью.

- Балан, сын нашего джанакичечи, только что вернулся из Персидского залива. Говорят, что он ищет девушку, на которой мог бы жениться, - начала говорить Сантамма. Маме тоже не терпелось узнать ее сегодняшнюю историю.

У Сантаммы много кур и коз, и ее работа заключается в том, чтобы разводить их. Она ходила туда-сюда по полям со своими козами, чтобы покормить их. Она никого не оставит в своем поле зрения без каких-либо разговоров. Кормя коз, она обнимает всех, кто проходит мимо, и разговаривает с ними. Задача по передаче моей матери всей полученной информации, не оставляя следов, продолжалась без каких-либо особых распоряжений от кого-либо. Мама питала особую привязанность к своим овцам, и у нее был обычай брать с собой и хранить кожуру от фруктов и т.д., чтобы раздавать им. Сантамма была довольно толстой и высокой, с черными вьющимися волосами. Край передней части ее блузки всегда был расстегнут, если не использовать английскую булавку.

- В чем дело, разве там не две девушки? Почему они пытаются выдать его замуж раньше, чем их?" - поделилась своим беспокойством мать.

- Они хотят увидеть, как он женится. Они говорят: "Девочки хорошо учились, пусть найдут работу". Что мы можем сказать? Это правильно. Пусть девочки сами находят средства к существованию, чтобы жить по своей воле. Соседи говорят, что теперь Янучечи очень гордится своим приездом".

Тем временем мать протянула ей горшочек с бетелем. Пожевав бетель и немного поговорив, она ушла. Сантамма должна приходить к моей матери, чтобы весело проводить свой досуг.

Прошло два года с тех пор, как Балан ездил в Персидский залив. Несмотря на то, что он получил предварительную степень, из-за смерти отца ему пришлось прекратить учебу и работать в магазине своего дяди. Это было время, когда простые люди начали зарабатывать деньги, отправляясь в Персию. Вот так

Балан начал ощущать тягу к Заливу. - Сказал он однажды своей матери.

- Мама, нет никакой пользы в том, чтобы ходить в этот магазин и работать там. В настоящее время у меня нет никаких шансов устроиться на государственную работу. Я подумываю о поездке в Персию... Стоит ли мне ехать? Как я буду зарабатывать деньги?"

"Если мы отправимся в Мекку, то получим пригоршню золота, но мы должны отправиться в Мекку", - таково было ее внутреннее чувство. Однако она полностью поддерживала своего сына.

- Итак, если у тебя такая судьба, я не могу тебя остановить. Сходите к упомянутому вами Гульфкарану (прозвище праваси) и спросите его, может ли он организовать получение визы."

Таким образом, эта мать и ее сын также познакомились с агентом через Гульфкаран. Это был обман. Сами того не осознавая, они заняли все деньги, чтобы поехать в Галф, и отправились в Бомбей.

- Джанакичечи отправила своего сына в Персию, когда он служил в доме этого Гульфкарана.

Когда Сантамма пришла за водой для каши для коз, она по секрету рассказала об этом своей матери. Мать Балетана уже рассказала об этом моей матери и была в курсе всех событий. Итак, разговор продолжался недолго. Вскоре Балан отправился к заливу. Сантамма - постоянный посетитель как дома балетона, так и здесь.

"Я сказал Джанакичечи, что, как и наша Девасси, она должна попытаться снести дом, перестроить его и устроить свадьбы для своих детей".

Она хвастается тем, как научила Джанакичечи тратить деньги. Именно из-за таких ненужных дискуссий он не мог много зарабатывать. Этот бедняга бродил по Бомбею около месяца. Затем он последовал за Гульфкараном и каким-то образом добрался туда.

Он отправился в Персидский залив, мечтая о высокой зарплате и хорошем уровне жизни. Но ему пришлось устроиться в небольшую компанию на вершине горы с низкой зарплатой. К сожалению, ему также приходилось работать под палящим солнцем. Тогда он обвинил меня в том, что я решил поехать туда. Однако наступило некоторое облегчение. Как бы то ни было, ему не пришлось возвращаться из Бомбея. Так началась его несчастная жизнь эмигранта.

Он будет присылать деньги каждый месяц. этого будет достаточно, чтобы оплатить долг и ежедневные расходы. Мама привыкла ждать прихода почтальона, чтобы получить письмо. если придет заказное письмо, почтальон будет очень рад. Он знает, что это будет чек. От счастья она подарит что-нибудь почтальону. Так или иначе, но таким образом он проработал два года. Теперь Сантамма рассказывает ей о его возвращении, сидя с ней на веранде.

Он одолжил немного золота и денег у одного из своих друзей. Когда она пишет письмо своему сыну, то всегда напоминает ему о его свадьбе. Так, однажды к его дому подъехала машина, и он вышел из нее с небольшим багажом одежды, косметическими принадлежностями, магнитофоном и т.д. Моя мать была первой, кто увидел его.

"Балан приехал с двумя коробками, привязанными к крыше машины", - сказала мать всем в доме.

На следующий день, когда Сантамма пришла навестить его, ей подарили иностранное мыло. она также услышала подробности о заливе. Тогда там было что-то вроде фестиваля. Тот, кто входил туда, открывал и показывал принесенную коробку. Обе девочки начали ходить в храм в иностранных сари. Из магнитофона лились песни на хинди. Джанакичечи всегда был занят. Тем временем начались и поиски девушки.

Все стали смотреть на Балана с большим восхищением. Потому что Персидский залив стал местом заработка для всех, особенно для неквалифицированных рабочих. Сын Эусепа Девасси, безработный, без образования и без денег, отправился в Персидский залив подрабатывать каменщиком. Он мог много зарабатывать и выдал свою сестру Энни замуж за богатого человека. Он снес свой старый двухкомнатный домик и построил большой дом. Через некоторое время он купил землю вокруг дома и пристроил ее к дому. А еще он женился на красивой девушке. Хотя Персидский залив был местом, где можно было заработать деньги, здесь также требовалась удача. Не всем тем, кто отправляется в Персидский залив, везет так же сильно.

Несмотря на то, что у Балана было не так уж много сбережений, недостатка в гордости у него не было. Его дядя предложил ему жениться на дочери богатого человека. Несмотря на то, что у него не было денег, он был красив и добродушен, поэтому очень нравился им. Таким образом, этот брак был заключен на заемные деньги. После очередной женитьбы он вернулся в Персидский залив.

Позже это был "брак на бумаге", продолжавшийся около года. В те времена телефоны были большой редкостью. В первые дни такие люди, как Балан, пошли и создали пропасть, которую мы видим сегодня. Сегодняшнее поколение переживает это на собственном опыте.

Таким образом, продолжая работать на этой работе, он понял, что зарплата, которую он получал, будет ничтожной, и устроился на работу самостоятельно, без разрешения. За этим занятием его поймала полиция, и говорят, что он вернулся домой с удачей. Кто-то, кто был с ним в Персидском заливе, сообщил там эту информацию. Сантамма по секрету рассказала об этом моей матери и удивилась потере своей работы.

"Лиледати, даже если кошка вернется домой, ей будет сопутствовать удача, не так ли?" - мать осталась равнодушной, ничего не ответив.

После этого жизнь его братьев и сестер полностью изменилась. Если мы теряем что-то на улице, разве мы не реагируем на это вместе с нашей матерью дома? Затем Балан отдалился от семьи и стал жить, занимаясь только своими делами. Он не решался вернуться на свою старую работу и перепробовал множество других профессий. Тем временем родились еще две дочери. Благодаря удаче этих детей, он получил небольшую постоянную работу в Комиссии по государственной службе, таким образом, он получил некоторое облегчение от своих страданий. Он хорошо учил ее детей. Сейчас старшему из них делается предложение выйти замуж.

Когда Балан начал терять любовь и заботу, жизнь его матери, братьев и сестер стала невыносимой, и все пошло по-другому. Это стало совсем другой историей,

Сейчас Сантамма все еще стоит во дворе.

"Не стой здесь, проходи внутрь". Мать пригласила ее сесть.

- Что дают девушке в качестве приданого? Мама очень спешила узнать об этом.

- Они ни о чем не спрашивали. Я слышал, что у них в руках 30 паванов. Хотя было уже поздно, он устроился на государственную работу и сбежал. Но сейчас жизнь других детей и Джанакичечи очень тяжелая."Сказав это, Сантамма снова собралась уходить.

"Не уходи, давай выпьем по стаканчику чая". ' Снова настаивала мать. Она согласилась и поднялась на веранду.

....

Другое Самодовольство.

Раметтан медленно шел по краю рисового поля, которое заканчивалось тропинкой. Если мы немного пройдем по этой тропинке, то дойдем до большого дома. Как только он добрался туда пешком, его охватило возбуждение, он вытянул ноги и зашагал быстрее. Ступая по булыжной мостовой, он подошел к воротам этого большого дома. Он был очень рад попасть туда. Это дом его младшей сестры Вималы. На крыльце никого нет. Там чувствуется какая-то пустая атмосфера. Во дворе на коврике сушится пэдди. Он прижал палец к счету за телефонный звонок.

Хотя это был дом его сестры, он уже давно не был здесь. Теперь он пришел пригласить на свадьбу своего сына. Сегодня праздник, поэтому он пришел сегодня, думая, что все будут дома. Поскольку его сестра и ее муж работают по найму, в будние дни он там никого не увидит. Оба ребенка пойдут учиться.

"А, Раметта, подойди и сядь". Муж Вималы, Вишвам, открыл дверь и с любовью пригласил его. Раманадхан - его шурин, и, похоже, он ожидал такого приезда. Он набрал воды из кинди (кувшина), стоявшего на крыльце, вымыл ноги и вошел внутрь.

- Ты не устала от ходьбы? Как только Вимала увидела его, она сразу же спросила о его самочувствии. Она была очень рада его видеть.

"Когда я шел по полю, обдуваемый приятным ветерком, я не чувствовал усталости". Он заговорил.

Затем Вимала пошла на кухню и принесла чай. Одновременно с этим двое ее детей тоже подошли и начали разговаривать. Они были вне себя от радости, увидев своего дядю. Пока они делились семейными делами и обсуждали детали свадьбы, Вимала встала и пошла на кухню. Она принесла большое манго, предварительно порезав его на кусочки. Он был очень сладкий и большой, как кокосовый орех, и все они наслаждались его сладостью.

- Не было необходимости приходить сюда и приглашать нас, даже если бы вы не пришли, мы бы все равно были там.

Услышав эти слова от Вишвама, он подумал. "Если я не скажу этого сейчас, его реакция может быть другой'. Во всяком случае, он ответил,

- О, это не имеет значения.

Выпив чаю и пригласив гостей, Раметан спустилась во двор и осмотрела свой дом и окрестности. Он увидел сад с ореховыми деревьями арека, сеновал, коровник и так далее. там. Вишвам и его дети тоже присоединились к нему. Различные виды овощей, такие как тапиока, бананы, манговое дерево, джекфрутовое дерево и бамия, сделали все поле зеленым. Богатый старинный дом. Все это - результат усилий его предков. Но разве ты не чувствуешь где-то пустоту? 'Именно удовлетворение и радость женщины становятся светом в любом доме', - подумал он про себя. Когда он, немного отдохнув, встал, чтобы уйти, Вимала сказала: "Давай сходим завтра, братан, давненько мы не были здесь, не так ли?" Вишвам тоже поддержал ее.

Услышав это, Раметтан на некоторое время задумался. - В любом случае, я пришел сюда только после долгого перерыва. Теперь я устал ходить по многим домам. Поэтому сегодня лучше остаться здесь. Затем он сказал,

- Есть еще несколько мест, которые я должен посетить. Но если таково твое желание, что ж, пусть будет так.

К тому времени, как Вимала услышала это, она очень разволновалась. Он ее старший брат, который отвечает за ее защиту. Но у нее такой муж, который не дает ей и ее детям шанса получить от них эту защиту и любовь.

Так как она была счастлива видеть здесь своего старшего брата, то быстро собралась переодеть его и приготовить ему постель для отдыха. Когда все домашние дела были закончены, она пришла одна и расспросила его о своей матери и домашних подробностях. Позже она начала изливать свои жалобы и разочарование. Он слушал все это с безразличием, потому что уже все о нем знал. Вишвам всегда был таким и не изменился.

Никто не будет говорить с ним о ее жалобах. В разговорах нет никакого смысла.

Был вечер. Потом все немного посидели, глядя телевизор и обсуждая местные события. Вишвам в основном говорил о трудностях ведения сельского хозяйства. В промежутке он также упомянул о непослушании Вималы. Раметтан не стал притворяться, что услышал его. Вскоре все поужинали и разошлись по своим местам спать. В это время Раметтан и Вишвам некоторое время сидели на диване и разговаривали о своих старых делах.

Через некоторое время Вишвам встал и пошел на кухню. Затем он некоторое время сидел там в одиночестве, наблюдая и прислушиваясь к их жизни. Затем он начал размышлять. Насколько умна была его сестра Вимала? В основном она занималась общественной и культурной деятельностью. Она хорошо училась и устроилась на работу, но в чем дело, партнер, которого она выбрала, - человек без каких-либо достоинств. Он любит только свое имущество, и в жизни у него есть только свои симпатии и антипатии. Это как механическая жизнь. Его не интересуют никакие внешние вещи, такие как искусство, литература и т.д. По его мнению, все художники, как говорят, голодают. Но оба ребенка добродушны и послушны ему. Поскольку они выросли, видя его жесткий характер, они без колебаний принимают его приказы.

Итак, размышляя обо всем этом, он полулежал на диване и медленно впадал в ступор. Во время оцепенения в его сознании начали мелькать образы Вишвама и Вималы......

- Он проверяет кухню.сейчас 10.15 вечера. Так бывает всегда. Его собственный дом. Разве он не должен оставить его себе? Что, если его жена проявит беспечность?

Даже автобусный билет, который он купил, путешествуя на автобусе во время учебы, долгое время лежал у него на столе. Вишвам немного разбирается в ремонте электрооборудования, и его дом полон бесполезных электрических приборов. Даже если кто-нибудь придет за ними, он их не отдаст. Он заботится о том, чтобы все было на вес золота.

Ему нужно все. Если придут какие-нибудь попрошайки, он, не колеблясь, прогонит их прочь. У него вошло в привычку всегда держать окна и двери дома надежно закрытыми.

- Если у нас будут деньги, мы сможем жить. В наши дни нет ничего великого в том, чтобы говорить о морали". Это его жизненный принцип, и, не говоря вслух, он пытается научить этому и своих детей. Он обладает особой способностью удерживать детей рядом с собой, держа ее родственников на расстоянии. Вимала - полная противоположность ему, и ему не нравятся ни одни из его привычек или практик.

"Почему вы не раздаете ненужные вещи, если есть люди, которые в них нуждаются?" Однажды он спросил ее об этом.

- Здесь никто ни о чем не будет просить. Даже если кто-нибудь придет, он им ничего не даст. Тогда он скажет примерно так: "Я не хочу никого кормить. Я не планировал кормить всех подряд. Если у них ничего нет, то такова их судьба. Что мне для этого нужно? Я хочу наслаждаться тем, что дал мне Бог. Я никому его не отдам". Что же мне тогда делать?"

Выслушав ее ответ, он больше ничего не сказал. У него также есть работа с хорошей ежемесячной зарплатой, он пунктуально ходит на работу и покрывает необходимые расходы за счет получаемого дохода. Он строг во всех вопросах. Поскольку у его отца нет никакой работы, на нем лежит обязанность заботиться о своих родителях, братьях и сестрах. Он очень хочет потратить деньги на семью так, чтобы жена об этом не узнала. Можно сказать, что у него нет другого внешнего мира, кроме его собственного дома.

"Я ни от кого ничего не хочу, и никто не должен ничего от меня ожидать". Это его другая политика. Ему даже не нравится, когда кто-то, кроме его семьи, приходит в этот дом, особенно те, кто нуждается в какой-то помощи. Вот почему никто из ее семьи нечасто приезжает сюда.

Вимале повезло, потому что у нее есть работа и доход. В основном она берет на себя все домашние расходы. Если она хочет использовать что-то в соответствии со своими предпочтениями, она должна купить это сама. Подобно кошке с завязанными глазами, пьющей молоко, после того, как она потратила все свои сбережения любым способом, он без всякого стеснения скажет: "Разве я просил у тебя что-нибудь из денег?"

Все верно, если она попросит какие-нибудь деньги на расходы после того, как отдаст ему свою зарплату, он в гневе их выбросит. Итак, она начала растрачивать себя. Насладившись всеми ее сбережениями, он ведет себя по отношению к ней так: "У тебя здесь ничего нет, все мое". Будучи высокомерной, она не может ничего сказать против него. Его натура в основном эксплуатируется его сестрой и мужем, которые изливают на него свою любовь. Бедная моя сестра! Как она все это переносит? Какой была бы ее жизнь, если бы у нее не было никакого дохода?

Несмотря на то, что он такой дома, снаружи он ведет себя прилично. Он не слишком разговорчив и становится плохим человеком, когда злится. Многие люди, которые близко его знают, боятся его. Если задуматься, то это правда. Разве слова тех, кто молчит, не обладают большей силой?'

Так, размышляя о нем по очереди, Вимала, дремавший на диване, подошел к нему и тихонько постучал. Он внезапно очнулся ото сна.

Вишвам несколько раз проверил двери и калитку и, убедившись в безопасности, отправился спать. Он хранит все без какой-либо цели. Неизвестно, почему это так. Что касается Вималы, то она живет своей жизнью, занимаясь своими делами, не обращая на них никакого внимания. Он заботится о своем "имуществе" и достигает самоудовлетворения! К счастью, хотя он не доставляет удовольствия своей жене, он заботится о своих детях и очень доволен собой. Различные выражения удовлетворения!!

Вимала уже приготовила спальные принадлежности в гостиной. Красивая простыня. Вода в кувшине для питья. Все удобства доступны. он взял стакан воды и выпил. Потом он заснул.

Несмотря на то, что здесь есть все, жизнь была просто скучной, потому что он не знал, как правильно себя вести. Кто может дать совет Вишваму? Он повернулся, натянул на себя одеяло и начал засыпать, снова думая о судьбе своей любимой сестры, которая пытается найти удовлетворение в садоводстве и т.д., и ее мужа, который находит самоудовлетворение в своем эгоизме.

....

Междугородний.

Атхиракутти - младшая дочь Рагхавана Каймала и Минакши Аммы. После получения высшего образования в колледже Махараджей, пока Атхира оставалась дома, ее родители занялись ее выдачей замуж и начали искать предложения руки и сердца. Зайдя на брачный сайт и зарегистрировав анкету, ее отец начал искать на этом сайте хорошего жениха. Именно тогда однажды ее мать сказала ей, что к ней кто-то придет навестить ее. Когда она услышала это, то очень встревожилась, пошла к своей матери и сказала.

- Мама, только после того, как я найду работу, я буду готова к свадьбе. Не думай сейчас ни о чем.

"Я хочу пойти на коучинг для прохождения банковского теста. Мне нужно найти работу. как я буду жить без работы в такое время, мама? - повторила она.

Мать не возражала против ее мнения. Она заговорила.

- Ладно, тебе нужна работа. Между тем, если к этому приложится какое-нибудь хорошее предложение, то это можно будет сделать. А теперь приступай к тренировкам".

- Мам, сейчас никто не хочет меня видеть." повторила она.

Позже она пошла к своему отцу и настояла на своем. Таким образом, на этом идея закончилась. Она права. Вместо того чтобы просить приданое в прошлом, теперь даже бедные семьи ищут девушек, у которых есть работа и доход.

Как бы то ни было, Атхира начала заниматься банковским коучингом. Позже, когда она успешно прошла банковский тест, ее выбрали помощником управляющего и она поступила на работу в отделение банка Бароды в Палаккаде. Именно там она познакомилась со Шринатом, соседом по дому ее матери, который был ее подчиненным. Он был сыном Раджалакшми из Шринилайама, дома на южной стороне.

- Доброе утро, мадам, вы меня не узнаете?

- О, я знаю. Разве вы не из Шринилайама? А как насчет твоих родителей? Итак, они возобновили свое знакомство.

Хотя они были знакомы, до сегодняшнего дня они не разговаривали. В том, что Атхира смог стать начальником Шринадха, есть небольшая ошибка Бога. Что это такое? Давайте вернемся в детство Атхиры, чтобы выяснить это.

Она учится в средней школе. Во время школьных каникул Атхира будет жить в доме своей матери. Там живут бабушка, дядя, тетя и их дети. Проведя там каникулы, она возвращается только тогда, когда открывается школа. Она проводит весь день, играя с детьми своего дяди и прогуливаясь позади бабушки. По ночам все они рассказывают истории, поют песни и так далее. Она спит в комнате в южной части дома. Бабушка была бы с ней, несмотря на все их проказы. Дядя и тетя говорят, что у бабушки становится в два раза больше энергии, когда она принимает Атирамол. Те дни, проведенные с ее бабушкой, - настоящая сокровищница воспоминаний.

Если открыть окно в спальне, когда они лежат на кровати, то можно увидеть Шринилайам, дом Шринадха на юге. Когда рассветет, никто в доме не проснется, кроме ее бабушки. Тогда свет из кухни того дома на юге начнет проникать внутрь через оконное стекло комнаты. Если лечь и обратить внимание туда, то можно услышать звук купания там. Иногда они слышат голос своей матери, которая говорит: "Прими ванну, дитя", "Не мутите воду в пруду, дети" и т.д. На кухне есть большой пруд для их купания. Он окружен шелковистой песчаной почвой, а вода зеленая от мелкого мха.

Как только его мать Раджалакшми встает, она первой идет к пруду. Приняв ванну, переодевшись и намочив грязную одежду в мыле, она войдет внутрь. Она не войдет на кухню, не приняв ванну. Каждое утро здесь начинается с того, что дети и муж сначала принимают ванну. К тому времени, когда наступит день, все, кроме бабушки, станут "свежими в саду".Позже придет горничная и выстирает всю промокшую одежду. Омовение,

Теварам, Сандхьявенданам и Мураджапа (ритуалы) являются частью их повседневной жизни.

Перед рассветом совсем другое удовольствие - искупаться в пруду в такой приятной атмосфере. Звуки их купания и какие-то "звуки калапилы" часто будят Атхиру по утрам. Когда она встает и садится на веранде с восточной стороны, видно, что Шринат, старший сын в этом доме, направляется в храм по дороге перед домом с маленьким стальным ведерком, полным цветов. Иногда его может сопровождать его брат Хариш, а иногда сестра Шобха. Тогда будет почти шесть часов. Они втроем шли, опустив глаза и не позволяя никому заговорить. Ее тетя втайне называет его мистер Кижоттунокки (тот, кто смотрит вниз). Ей доставляет удовольствие видеть, как они идут в храм таким ранним утром.

Этот шринилайам - большой старый дом предков. Много лет назад там жила бабушка Шрината с бабушкиной матерью и ее сестрой, а также с дядей. В то время на кухне работал поваром молодой человек по имени Раман Наир, который готовил для них еду. Он был очень красив, и любая женщина обратила бы на него внимание. У него была хорошо развитая грудная клетка, полное тело, достаточный рост и очень скромная речь. Он также обладал особым мастерством в приготовлении вкусной еды. Взглянув на него, младшая сестра бабушки Малатикутти влюбилась в повара. Когда об их отношениях стало известно, поднялся неописуемый переполох, и кухарку немедленно уволили. Бабушка стала давать советы своей любимой сестре.

- Выйти замуж за судрана? Шива, Шива! Каст, какова его работа, что есть в его доме? Оставим и это, знает ли он мураджапам, Теварам и так далее? Что было приказано делать судрам, ты знаешь об этом, дитя? В чем заключается работа их клана? Ребенок должен забыть его".

Кастовая принадлежность не была для них проблемой. Он плохой повар, и у него нет денег. Как они могут это терпеть? Малатикутти сейчас в отчаянии, у нее нет ни ванны, ни еды, ни сна. Она всегда проводит время, бездельничая и лежа на кухне и в Паттхаяпуре. Они сделали все, что могли, чтобы разорвать эти отношения. Но для Малатикутти ничего не изменилось. Наконец, она сказала:

"Ладно, я не хочу выходить замуж, но не заставляй меня выходить замуж снова".

И так шли месяцы. Уволившись оттуда, Повар открыл бакалейную лавку. Все думали, что эта глава закончилась. Малатикутти начала ходить в храм, как обычно. Но это было другое начало. Он приходил, когда она собиралась в храм. Они снова начали встречаться. Наконец, в один прекрасный день она пошла с ним на дно. Это история о бабушкиной сестре. Позже они приехали туда только после смерти ее бабушки. Дядя и его семья тоже отправились в дом его жены.

Бабушка Шрикуттана - пожилая женщина с волосами, похожими на ватный тампон. Ее муж умер раньше. Ее обычная одежда - белая раука (блузка) и маленький мунду. У нее трое детей. Старшая дочь живет в Вадакаре. С ней вторая дочь Раджалакшми, ее муж и дети. Муж Раджалакшми работает в Верховном суде. Их детей зовут Срикуттан, Харикутан и Шобха.

У Атхиры до сих пор слюнки текут, когда она вспоминает, как собирала манго во дворе на юге от их дома в сезон сбора манго, заворачивала их в одежду, солила и съедала все целиком. Если кто-нибудь отправится туда, то увидит, что там повсюду полно деревьев, растений и цветов, а также можно ощутить божье благословение от присутствия там благородных и пунктуальных людей. Если дети старшей дочери тоже приезжают на время школьных каникул, то устраивается большой праздник.

Когда ее бабушка обычно отправляется в Шринилайам, она не заходит туда напрямую, а выходит на западную веранду с южной стороны. Когда она была там, приходили и инсайдеры. Затем, сидя на веранде, они начинали разговаривать. Если они увидят Атхиру, они скажут,

- Разве эта девочка не дочь Сарасвати? То же лицо. Потом она покачает головой.

Затем принесут и угостят ее какими-нибудь сладостями. Атхира некоторое время сидела со своей бабушкой, слушая ее истории.

Потом она собирала листья, манго, мятные леденцы с живой изгороди и делала все, что могла, во дворе.

Это красивый широкий песчаный двор. Она хочет побегать и поиграть во дворе, но с ней никто не пойдет. Тамошние дети не спускаются вниз, чтобы поиграть с ней. Они взаимодействуют с теми, кто приходит извне, останавливая их во дворе. Если бы они тоже спустились во двор, было бы весело поиграть! Но они подойдут к двери и будут стоять там, просто уставившись на нее. Лакшмана Рекха! В прошлом именно члены бабушкиной семьи стирали свою одежду. Вот почему они так себя ведут. Ей рассказала об этом бабушка, когда она спросила об этом. Они возвращались счастливые, купив какие-нибудь подарки, например, манго, фрукты Джек и т.д., Которые его мать дарила ей, чтобы она принесла их домой.

Таким образом, детство Атхиры было временем, когда все относились к Шрикуттану и его семье с большим уважением. Позже, когда она поступила в старшую школу и колледж, она не осталась жить в доме своей матери.

Тем временем Срикуттан учился и получил степень магистра делового администрирования. Он устроился на работу в банк "Палаккад". Он всегда ездит из Триссура в Палаккад на поезде. Он забрал сезонные билеты. Мама приготовит всю еду утром и подаст ему в коробке из-под завтрака. Несмотря на то, что его бабушка уже стара, она не утратила серьезности. Она по-прежнему отвечает за ведение домашнего хозяйства, и когда солнце садится, они чистят и полируют люстры, чтобы зажечь их.

Срикуттан по-прежнему ходит в храм по утрам. В те дни, когда он не ходит, мать разрешает ему выходить из дома только после молитвы в комнате для пуджи. Когда поезд прибудет в Триссур, многие люди сойдут с него. Тогда они точно получат место. Вместе с ним на работу в этом поезде всегда едет большая группа людей. В основном все они будут занимать одно и то же купе.

Теперь он не тот Кижоттуноки Шринадх, которого мы встречали до сих пор в пути! Они все разговаривают, шутят и смеются. Они будут обсуждать все, что есть на свете, включая офисные вопросы, самые актуальные новости и т.д. там. Как только прибывает поезд "Шорнур", это становится только их миром.

Очень приятно видеть, как некоторые офицеры из этой группы приносят утренний завтрак в упаковке и едят его, сидя лицом к лицу в поезде и делясь новостями. Мария Фернандес - одна из них. Она всегда приходит после завтрака. Но она всегда держит в руке пакетик. Каждый возьмет и съест это. Она не замужем и работает в департаменте водного хозяйства. Хорошее красноречие. У нее есть кое-какие знания обо всем на свете. Ее золотистый цвет лица, круглые очки, длинные волосы, нежное, как цветок, тело и, прежде всего, ее знания сделали ее любимицей группы. Они с Шрикуттаном хорошие друзья. Даже сойдя с поезда, они оба должны идти в одном направлении. Таким образом, они стали вечными спутниками. У него вошло в привычку подстраховывать Марию или находить место рядом с собой, когда она далеко. Теперь без нее ему неинтересно и скучно.

Через некоторое время они оба по уши влюбились друг в друга. Осознав глубину потока любви в их снехатони (лодке любви), они, наконец, решили пожениться.

Мария не столкнулась с каким-либо серьезным противодействием в своем доме. Но если мы поговорим о нем? Можно сказать, что они были очень консервативны. Все, что произошло в том доме после этого, невозможно описать словами. В этом доме не было никакого распорядка дня. В течение нескольких дней мы ели только один раз. В течение месяца все присутствующие там даже не разговаривали друг с другом. Сейчас Срикаттан разговаривает только со своим отцом. Несмотря на все это, Сри не была готова сдаваться. - Сказал он с твердым решением.

- Если ты не согласишься, я женюсь на ней официально, привезу ее сюда и заставлю остаться.

Можно сказать, что они приняли его угрозу. После этого они дали согласие на этот брак. Таким образом, бракосочетание состоялось в соседнем зале. На этом мероприятии присутствовали только самые близкие родственники Шринадха.

Семья Сринат, которая раньше не пускала к себе во двор посторонних, особенно представителей других каст, теперь живет с девушкой-христианкой по имени Мария Фернандес. ....

Проснувшись рано утром, приняв ванну и Теварам, Шри все равно отправится в храм. В воскресенье он тоже пойдет в церковь с Мэри. Когда они решили пожениться, то дали друг другу обещание.

- Шри может жить по вашим обычаям, но по воскресеньям я должен идти в церковь. Для меня это обязательно".

" Конечно, я возьму тебя с собой.

Сри согласилась. Это было соглашение между ними. Даже если Шри попросят сменить религию, возможно, он согласится. Теперь перед ним только ее улыбка, которая сияет, как радуга.

Проходили месяцы. Нет такой раны, которую время не залечило бы. Неприязнь семьи к ней начала ослабевать. Марии начинала нравиться новая жизнь. Ей начали нравиться их ритуалы, Каву, храм, Туласитара и так далее. Она сменила свое имя на "Мира Шринат" по собственному выбору и начала следовать образу жизни Шри. Теперь Шринад и Мира вместе идут в храм.

"В нашей жизни нет места кастам или религии, пока есть любовь. Здесь нет недостатка в любви". Это то, что говорит его мать, когда кто-нибудь говорит об этих отношениях.

- Она живет так же, как и здесь. Если принять этот образ жизни, то в любой религии жизнь может быть комфортной", - так же утешала себя бабушка. Как бы то ни было, их семейная жизнь уверенно продвигается вперед. Со всеобщим благословением!

Таким образом, Шринадх, член той ортодоксальной семьи, которую семья Атхиры в детстве называла Кежотунокки и которая держала ее на расстоянии, не позволяя входить в свой дом, а также которая не пускала посторонних в свой двор, теперь работает у нее в подчинении после того, как вышла замуж за представителя другой религии! Что можно сказать, кроме небольшого проказа, проявленного Богом во время поездки на поезде?

Рай и Ад.

Это старая история.

Однажды Бхагаван (Господь) отдыхал в Вайкундаме. Затем откуда-то послышался крик. Багаван заметил, откуда это доносится. Тогда Бхагаван сразу же понял, что плач доносится из ада. Бхагаван немедленно отправился в ад, чтобы выяснить, что там происходит. Тогда несколько обитателей ада подбежали к Бхагавану и схватили его за ноги, умоляя спасти их из этого ада, и начали громко молиться.

Все увиденное там было очень жалким зрелищем. Во многих местах деревья были срублены и засохли. В некоторых местах реки высохли, и люди бродили в поисках питьевой воды. в некоторых других местах холмы и горы были разрушены. Там повсюду виднелись растрескавшиеся дороги и протекающие трубы. Природа также своими излучаемыми вибрациями причиняет беспокойство живым существам. Из-за скопления мусора люди ходят, закрыв носы, и атмосфера полностью загрязнена. С одной стороны, покупают кислород для дыхания, в то время как в некоторых местах покупают воду для утоления жажды и пьют ее в бутылках. Мусор, такой как пластик, складывается в кучу и сжигается. В большинстве мест были замечены угли, ядовитый дым и пробки на дорогах.

Все люди придерживаются определенного образа жизни. С одной стороны, разрушается природа, а с другой - некоторые люди беспокоят, нападают и убивают друг друга. Бхагаван видел грешников всех мастей, таких как нарушители истины, растратчики, лжесвидетели, похитители золота, идолов и прелюбодеи. Повсюду ходили слухи о коррупции, жестокости и беззаконии. Когда они увидели Бхагавана, обитатели ада громко закричали, говоря,

"Это неправильно, что ты оставил многих людей наслаждаться на небесах, а нас - в этом аду, Господь. Мы устали от ада. Мы тоже хотим неземного счастья".

Услышав все это, Бхагаван сжалился над ними и успокоил их.

Оттуда Бхагаван немедленно отправился на небеса и посмотрел туда. Какое прекрасное зрелище он там увидел!

Все были счастливы и сами наслаждались своей жизнью. Какая мирная и святая атмосфера. Повсюду было видно, как в красивых пресноводных озерах цветут лотосы, а на деревьях разных возрастов и размеров растут красивые спелые плоды, и повсюду можно увидеть цветы. Птицы, такие как фламинго, попугаи, павлины и т.д. летают группами. Черный олень вместе со свирепыми животными, такими как буйвол, лев и т.д., живут вместе без страха. Все они живут с комфортом в огромных дворцах, похожих на золотые. Нигде нет поклонения Богу или Бхакти. Только когда человек пребывает в печали, возникает необходимость обратиться к Богу. Здесь все подобны Богу, обладают всеми добродетелями, делятся благословениями, даже не боясь смерти, и живут счастливо и удовлетворенно. Повсюду царит только чистота, любовный комфорт, мир и процветание. Ух ты! Когда Господь сошел в ад, ему пришлось увидеть людей, подверженных таким злым чувствам, как похоть, жадность, пьянство, кумовство, жестокость, несправедливость и т.д.

Бхагаван рассказал обитателям рая о тяжелом положении и жалобах обитателей ада. Он попросил их отправиться на несколько дней в ад и подарить рай обитателям ада. Разве небесные люди не привыкли только отдавать? Они согласились. Таким образом, обитатели ада, привыкшие только получать, попали на небеса. Обитатели рая тоже попали в ад.

Давненько мы не виделись. Багаван снова услышал плач. Тогда Господь подумал, что обитатели рая плачут в аду, потому что они не были знакомы с этой адской жизнью. Но это было ниспослано с небес. Багаван удивился, почему они плачут на небесах. Когда Багаван с тревогой посмотрел туда, он не увидел ни золотых дворцов, ни усыпанных цветами дорожек, которые были там раньше.

Все они сталкивались друг с другом и все разбивали и рушили. Ручьи и реки были загрязнены. Дороги были разбиты. Горы и холмы были разрушены. Это было похоже на тот старый ад, через который они прошли. Спросил Багаван,

- Что здесь не так? - спросил я.'

"Господь, когда они попали на небеса и пришли сюда, все стали очень высокомерными и эгоистичными. Никто не знает, что сказать или сделать. Пожалуйста, Господи, этого достаточно, перенеси нас на наше старое место", - сказав это, они снова заплакали. Багаван снова пришел в замешательство, но решил отправить их в ад.

Но когда он пришел туда, то не увидел там ада. Небесные жители отправились туда и закопали весь мусор, очистили реки, и атмосфера стала чистой благодаря воздействию их священного духовного излучения. Там в изобилии были чистый воздух, чистая вода, чистая почва, хорошая еда и напитки. Затем Бхагаван собрал обитателей рая и ада вместе и дал совет.

- Рай и ад ни для кого не становятся бесплатными. Это должно быть заработано нашими усилиями. Единственное, что для этого требуется, - это наше отношение. Чтобы изменить это отношение, требуется благородный настрой. Мысль - это семя любого действия. Поэтому стремление сделать наш ум, интеллект и понимание благородными и чистыми более актуально, чем стремление к материальной выгоде".

Сказав это, Бхагаван вернулся оттуда.

....

Об авторе

Ренука.К.П.

Старшая сестра Ренука К.П. - уроженка округа Эрнакулам штата Керала, дочь покойного Шри Парамешварана и покойной Кузалии. После окончания университета она поступила на службу в правительство штата Керала. и вышла в отставку в звании тахсилдара. Сейчас она активно работает в качестве онлайн-писателя и четко демонстрирует свой взгляд на социальные и культурные проблемы общества, особенно на борьбу с домашним насилием в отношении женщин.

www.ingramcontent.com/pod-product-compliance
Lightning Source LLC
LaVergne TN
LVHW041636070526
838199LV00052B/3392